主编　凌翔

我们在群山绵延不绝
——新时代精品朗诵诗选

文芳聪　著

天津出版传媒集团

天津人民出版社

图书在版编目 (CIP) 数据

我们在群山绵延不绝：新时代精品朗诵诗选 / 文芳
聪著 . -- 天津：天津人民出版社，2023.2
（当代作家精品 / 凌翔主编 . 诗歌卷）
ISBN 978-7-201-18889-8

Ⅰ . ①我… Ⅱ . ①文… Ⅲ . ①诗集－中国－当代
Ⅳ . ① I227

中国版本图书馆 CIP 数据核字（2022）第 196302 号

我们在群山绵延不绝——新时代精品朗诵诗选
WOMEN ZAI QUNSHAN MIANYAN BUJUE
　　——XINSHIDAI JINGPIN LANGSONG SHIXUAN

出　　版	天津人民出版社
出 版 人	刘　庆
地　　址	天津市和平区西康路 35 号康岳大厦
邮政编码	300051
邮购电话	（022）23332469
电子信箱	reader@tjrmcbs.com

责任编辑	岳　勇
封面设计	邓小林
主编邮箱	jfjb-lx2007@163.com

印　　刷	三河市金元印装有限公司
经　　销	新华书店
开　　本	710 毫米 ×1000 毫米　1/16
印　　张	12.5
字　　数	200 千字
版次印次	2023 年 2 月第 1 版　2023 年 2 月第 1 次印刷
定　　价	49.80 元

目　录

我们在群山绵延不绝（组诗六首）①

凌厉的群山突然温柔了一下，那里有我们村，村里有我们家。

——题记

思念像月光一样

月光如水，庭院寂静

忽然听到熟悉的喊门声

大门洞开，群山拥入

我赶紧搬来凳子请奶奶入座

虽然我知道

她已过世多年

---

① 组诗《我们在群山绵延不绝》原载《壹读》2019 年第 6 期，入选 "《中国汉诗》全国少数民族诗歌大展"。

上坟记

远处的小陡坡还是很陡

村子后面的山神尖依然很尖

我打烂一只献饭的碗

母亲有些生气，说

粗脚重手的，像你爹一样

我脆然一惊，群山隐退

父亲鲜活地在眼前

不知道

是我死了过去

还是父亲活了回来

不变的山水麦黍

舅舅要走了
母亲送到门口
送到村后的山谷

大手牵着小手
夕阳下
我望着妈妈
妈妈望着远去的舅舅

风从舅舅那边吹来
母亲的脑海里
全是娘家的山水
和不变的麦黍

母亲以这种方式亲吻土地

栽秧，割谷
和像护佑我们那样
除掉那些影响稻谷生长的稗子
母亲一辈子在弯腰
她在以这样的方式亲吻土地

可再生的光阴

母亲老啦，老在冬日的太阳里打盹
我说：妈，你要是睡就到房间里好好睡
不去不去，我就是要在这里
好睁开眼睛就看见太阳

女儿六年级了，老爱戴着卡通表睡觉
我说：戴着手表睡觉不好，摘了吧
不摘，我就要戴着手表睡
我要醒来就能看见时间

这并非毫不相干，在我内心
女儿是母亲可再生的光阴

月子里的儿子

1

他在黎明时分抵达
初生，皱皱的
像个微版的老头

2

他出生两日，还没有见过这个世界
就笑了一下，又笑了一下
母亲说他在做梦呢，护士也说是
日有所思，夜有所梦
我这儿子，莫非是来打破唯物主义的

3

五天了，他还是
睁一只眼闭一只眼
他的外公高兴地说他在打鬼主意呢
我有些着急，难道他
这么早就看透了这个世界

4

哭，抑或叫，只有一个音节

没有什么意思

但我和所有在场的人都听懂了他的意思

5

他把刚刚睁开的眼睛一闭就又睡过去了
好像在说
我先睡了，你们慢慢忙吧

6

除了睡，还是睡
他的睡分两种：长睡，秒睡

7

双目紧闭，双手紧握成拳头
举过双耳，熟睡
像历史上的某个著名人物
但我一直想不起来

8

来一个猫洗脸，又来一个猫洗脸

这是他最熟练的动作了

9

满三十日，我们地方有开荤的习俗
望他有跪乳恩的要用羊前手
望他脚踏实地的要用牛后脚
望他遇事想得开的要用羊转肠
望他长大后会说话的要用鸟舌头
他还不懂事，分歧就开始了

10

才满月，我便开始漫长的等待

等待着，等待着

等待着他为我们命名：妈妈、爸爸、姐姐……

我铺满蔬菜绿的原野（组诗三首）

复活的牙齿

一百七十万年前的两颗牙齿
从泥土里长出来

家园依然
蓝天和白云倒映在河里

退回去
退回到久远的过去

他们要咀嚼炊烟
和炊烟下面别处没有的蔬菜

冬日

腊月的蔬菜占领了

老母亲的田坝

呼吸霜天里的空气

吞食泥土里细小的香甜

暖暖的冬日

是宽阔无比的床

它们睡，它们长

在犁头外

在锄头里

静静地，会听到

有类似生命的微微声响

冬早蔬菜

来这里集中

一条河流从南华楚雄来

一条从姚安大姚来

一条从永仁来

一条从牟定来

一条从武定来

还有一条来自遥远的青海

来到元谋坝子就瘦了

瘦在田野里

瘦在别处最冷的季节

瘦成洋葱

瘦成扁豆

瘦成西红柿

瘦成北方的美味

和北方更北的传奇

石羊三章

月亮

出来得太早了
像那些千年熬盐人
使尽了气力
显得十分疲惫

水也太浅了
没不过
河里冒出来的石头
映在河里的月亮
支离破碎

小井河

历史在小井河人心里的投影
只有那只穿山引盐的猫

曾经的席举人
村里再也没有人记得了
村后的衣冠冢
在空空的天空下
是那样地寂寥
仿佛为他殉情的封氏
也是虚幻的

土扳窝

出不了卤水
这个扳土成窝的坝子
曾经备受歧视

如今，一个华丽转身
扳土成桑
扳桑成丝
扳，终于扳转了
此地的走向

昙华山上（组诗三首）

二月初八 ①

这个时节要插花

在昙华，看那些插花的人们

把花插上额梢

插上门楣、屋檐

节令在插上鲜花的村寨

掉头，剪灭孤寂和冷

和泥土一起苏醒的春姑娘

重返彝山

你家的，他家的，大家的

花开满山野。插花

还要把那些好心情插入电话

插入 QQ 和微信

插入具有录述功能的二月初八

---

① 农历二月初八是昙华山彝族插花节。

又是一年插花节

这一天多么新鲜
又来缠绕我已经平伏的想念
我不迟疑，应邀而返
昙华山花开满满
一把风的犁头
在花海里深翻
一群来这里采风的人
蜜蜂一样贪婪
享受这无比辽阔的香宴

告别花期

马樱花初放在昙华的三月
三月的河流，它毫无异议地流向
故事弥漫的四月、退潮的五月……
我们忍痛挥手
告别从枝头跌落的花朵
告别从指尖划过的季节
告别了又告别
美好的时光随风而逝
就让时间窖藏
这流传千年的欢悦

化佛山（外二首）

十万亩太窄，她身宽体胖

稳居滇中

她收藏阳光和植物

拥抱坝子和古老

淡化时间，释放流水

此地荣归佛陀

任何人无法将她独占

她爱上的是众生

是普度，是爱

走过定远吊桥

从住处到培训处，要走过
定远吊桥

从此岸到彼岸
就分分钟的事，吊桥却要颤动数百次

培训课上，我再次温习长征
看过一九三六年四月的那页党史 ①
心就像正在走过的定远吊桥
不由自主地颤动起来
按都按不住

_____

① 1936 年 4 月 16 日上午，萧克率红六军团进占化佛山下的牟定县城，当晚在牟定鼓楼戏台召开联欢晚会，宣传革命道理。下半夜撤离牟定，奔袭姚安。

我喜欢化佛山下油腐乳

开饭了，我喜欢
吃盐水黄豆
吃黄豆磨成的白豆腐

我更喜欢
用白豆腐做成的腐乳
它们静卧在香油的汪洋中
那是化佛山下的妇女们
用那双点石成金的手
化腐朽为神奇

我喜欢，因为
有了油腐乳
生活就有了别样的味道

《查姆》《查姆》（组诗三首）

心像远古一样远

一百多个"查"流水一样流过
流过贝玛的河床
以阿色调的形式铺展

百兽泛滥
独眼的拉爹从禽兽中脱颖
直眼时代大旱
横眼时代洪水滔天
罗塔纪把日月星辰洗了一遍又一遍

毕摩对话众神
灵魂开始在夜空显现

星空深邃，思绪深远
我和传说在这深不见底中
一起失重，一起失眠

远祖的回望

再一次来到双柏

阅读底土、薪资

我再一次

通过历史之洞窥探

我打开《查姆》

就打开了人世沧桑

人间的悲剧和喜剧开始慢慢袭来

我试图

在逝去的时间里抓住雨

抓住草叶

抓住先人思想的尖尖

可是我抓不住

那些老旧的故事

在我身体里放电影

简笔画一样简单

隐秘的声音

一滴阳光滴落，千里哀牢
苦难的苦和神话的神在这里相激相生

带着密码的风吹过
充满希望的颂词飞向树梢
衰叶的叹息飘落
某种声音开始解锁

一些神走了
一些正在返回
我似乎开始明白
不是所有的土地都长出神话
就是神到神话的地步
也需要从踏实的土地上
吸收营养

楚雄短章（组诗七首）

天空

楚雄的天空
是被群山包围着的
群山打开天空
天空打开那些珍贵的
那些落下来的雨
那些落下来的雪
和那些落不下来的彩霞

日出

天空是天青色的

像一块凝固的铁板

山顶上那条线越来越红

越来越红

就像有什么大事要发生

要把铁熔化

帽台山顶

山戴草帽
是楚雄别样的风景

辽阔，苍凉
孤寂，冷，幻境一样

来人融入其中
就像山融入群山

小河

岸上的人多了，河里的水短了
短着短着就断了
往断成水塘的小河里
投石子
那些曾经熟悉的小鱼
没有跑出来

雨窨生活

在楚雄，望天空
天上开始往下掉东西
屋顶是一只巨大的雨漏连接着
雨槽，雨管，雨窨
积攒起来洗菜、喂牲口
用水紧张的时候，人也吃

黄豆

这里缺水，不缺阳光
只要一点雨露
黄豆就会伸出肥嘟嘟的小手
一寸一寸地收藏阳光
用它把自己打扮成新的
饱赞赞①的模样

---

① 地方方言口语，非常饱满的意思，在云南乡村非常流行。

烤烟

烟田是提款机
坝子里，山腰上
在夏末初秋的时节开始铺上黄金的黄
燥热的空气中弥漫着微潮的香
任何一小点风动都可以让烟叶畅快地招展
是时候了
扎根楚雄的烟农负责去掉
去掉顶部烟
去掉底部烟
再去掉中部烟中的水分
就可以把他们的儿女变成大学生

大丽散板（组诗八首）

喜洲所见兮

在喜洲，看山河大起大落
海心亭是一个好去处

大起的，高高举起
还要在它的头顶上加高一点冰雪

大落的，深深陷落
给它水，给予它蓝色的慰藉

多么美啊！多么惊心动魄
这起落的山水
总是对应着人间的某个部分

鸡足山游览别记

乘车，再乘缆车，可达绝顶四观
步行也可。步行可见
九莲寺，报恩寺，大士阁寺
佛塔寺，祝圣寺，石钟寺
兴云寺，虚云寺，寂光寺
碧云寺，华严寺，放光寺
玉佛寺，金顶寺
牟尼庵，万寿庵，恒阳庵，慧灯庵
迦叶殿，铜瓦殿，金殿
两次上鸡足山，觉悟相似
世里世外，那些慈眉善目的
菩萨啊！菩萨，唯恐鸡足四面秀
载不动那么多庙宇那么多忧愁

鹤庆坝子的炊烟

看了那么久，那么久
那么多炊烟，那么白，那么高，那么直
他们是儿时走失的小伙伴
那么亲切，那么熟悉

蓝月谷的蓝

最上面是雪白色的
接下来是树绿色的
再下来是谷底，蓝色的

一弯一弯的水塘
怎么这么蓝呢？铜离子
这个我相信
我更愿意相信这是神的意思

拉什没什么

拉什没什么
只不过有一片湖泊
水清清的

拉什没什么
只不过湖泊里有些菱角
小小的，尖尖的，微甜的，别处少有的

拉什没什么
只不过有一片天空
高高的，空空的
干干净净的

徘徊在束河

每次抵达束河都在接近黄昏

和所有慕名而来的人一样
我在束河穿街过巷
在束河举目四望

抽丝一样
从束河古镇抽出来的，爬在后山上的
古道，更像一条古老的绳索
死死地拽住夕阳
不让它落下去

在虎跳峡，我不敢久留

虎跳石，花石滩
是金沙江水淘出来的

这神定的江
将天空一分两半
将大地一分两半
将哈巴和玉龙一分两半

这神居之所，不敢久留
我也怕，被这神定的江水
一分两半

一个人剑湖论剑

在剑湖，想起剑
但此地温润，适宜弃武从文
论剑更类似一场诗会
诗人们怀揣十里春风在剑湖之南，不谈诗
各自摆出家乡的美
举山为例
有风尘仆仆的天山
有温文儒雅的泰山
有渴水的阴山
有湿漉漉的鹿回头山
有烽火飘荡的太行
有吮毫搦管的会稽
有豪放不羁的莽昆仑
有仙风道骨的玄武当
有三足鼎立的兴安岭
有双瞳剪水的天目峰
有人说到双乳山
这个小，我赶紧捧出
家乡那座端庄瑞丽的方山

泸沽湖短笛（组诗五首）

三月小洛水

春天已经来临
几个摩梭女儿身披夕阳
邀请桃花拍照
荡漾一波波柔情

家有猪槽船
不怕水，不怕深不可测

不怕黑，泸沽湖的三月
月不会落
夜不会黑

有所归

此地的天空滋养大地
也滋养爱情

叛命而下的水
至此了却喧嚣
了却狂野
做一池寂静

风吹来不动
雨下来不动
电闪雷鸣
还是一动不动

普通情话

雨向下，草木向上
此地趋向保守

明明喊的是她
脱口而出是桃花

暗暗想的是他
望出去是天边的晚霞

百花开时，一小声"来啦"
就是最欢天喜地的表达

喋喋不休

嘴巴不说我爱你
耳朵不听我爱你
爱，像这泸沽湖水
静谧无语

只有不爱的时候
才会发出
一声那些刺耳的言语

或者爱得无以复加的时候
才会发出
喋喋不休的言语

铁色泸沽湖

停止争吵
湖边景色那么好

这柔顺的铁啊这锋利的铁

爱你一万遍
就恨你一万回
这或许
就是爱的魔咒
格姆神山也无法解释

嘎洒行（组诗五首）

三江口

背靠高山，怀抱流水
包容茂密的草木
和裸露的山石、泥土

礼社江，绿汁江
在这里汇合
冲突与融合，以颜色的方式展开

高潮迭起的三江口
上演一出
山水版的三岔口

南恩瀑布

我听见南恩瀑布了。在五月，在清晨

在高高的哀牢山巅

在马鞍形的峪口

飞身跃下

一支交响乐团经久不息的演奏

这天上来的声音，惊心动魄

石门峡

树在歌唱，水在歌唱，来人源源不断
我开始有些担心
怕盛大的石门峡关不住
这要爆棚的热闹

嘎洒

无论花腰傣在与不在
嘎洒都在

无论茶马古道在与不在
嘎洒都在

铺满黄金的黄昏和流光溢彩的朝霞
已经上演千万遍了

初来的我只一眼
就坠入深不可测的冥想

哀牢山

山如涛涌，滚滚而来的
哀牢山意犹未尽
就被嘎洒江稳稳拴住
只好在这里
奔腾自己无穷无尽的绿

那些年走过滇东（组诗十五首）①

在龙门

我想描述这里
绝壁上的庙宇，虚在半空
水在陡峭的山下堆积
堆成滇池

这里没有雪山，没有河流
没有精确计算的日子
生存靠充沛的体力

不可见的在者被无声遵守
佛在，他们保持最彻底的沉默
把苦和痛苦隐忍到无

---

① 组诗《那些年走过滇东》部分分散在《滇池》《金沙江文艺》和《云南日报》文艺副刊"花潮"刊载。

鸡公山的佛光

鸡公山有佛光
有时有，有时没有

人们充满期待
尽管都知道那不过是太阳的虚妄

有的时候在表象，没有的时候在内心
只要内心向善
只要一点点敲动坚冰

鹤来年检的地方

在神往来的高空鸟道上

大批大批的黑颈鹤

这些长着翅膀的大熊猫

飞往南方

迎接它们的大山包往高处长，天空退让

一声声莲花一样的声音迎空开放

高山上的草甸、沼泽、湖泊、河流

这是鹤在南方的福祉

它们身着黑白，姿态优雅

踱步、弹腿、甩头、振翅、调适体温

把指标调试到最佳

天气转暖后

涅槃的生命自此开始新的轮回

与西部大峡谷书

在昭通，在西部大峡谷
我沉醉于打开
打开这个名满西南的大峡谷
就打开了金沙江，打开了横江
就打开了一道神奇之门
就打开了高热优质温泉
就打开了偏硅酸、溴化物、硫和硒
就打开了一个秘密，连接曼妙的光阴
像诗人说的那样
在这里，光阴是用来虚度的

沿江引

我是一名不速之客

像一把钝刀

划开南盘江的八月

沿江而行，十万亩坝子满眼辉煌

亿万谷粒我只采撷一颗

让它在我的心底发芽

小心地呵护着，期盼它

长成一个新的爨乡

朗目山寺，未曾谋面的风景

朗目山寺，一组未经预约的图片

抓住我的视线

（此前多年，这个好听的名字曾经挠痒过我的耳朵）

就开启了一道未曾谋面的风景

和遇到的所有名寺一样

开始一个人的倒叙

首先没收那把"破四旧"的斧子

让闹剧隐退

让复刻的"第一山"石碑归位

让长老塔六百岁的胡须柔顺

让华严庵和弥勒寺成为立地的长腿

让腰间安上普照寺

让云崖庵和白龙庵胸怀苍生

让祖师庵在高处俯瞰

让虔诚的香火袅袅

让释子如云

朗目晚照下

生动而又具体

彩色沙林

在陆良，大风演习推开
推开五峰山上的树木，推开落叶和草
还要推开空中的乌云，让阳光倾泻
最后推出彩色沙林
这是生长在地下的彩色云南呐

人类兴高采烈
这是多么残忍的一件事情

石林人间

这些从大地里冒出来的石头
一直长，一直长，一直长
长成大森林

森林里，有"鸡鸣桑树颠"
有"柴门闻犬吠"
有一个个大大小小的家族
或紧跟酋长，昂首朝阳
或在夕阳里簇拥着老祖母，其乐融融

有一块孤独的石头佝偻在宽阔的草坡上
那是我一辈子没有讨媳妇的二叔

普者黑

要多少时间

才能溶成这样

要多少流水

才能流成这样

要什么水草

才能水成这样

要什么荷花

才能开成这样

我惊鸿一瞥

普者黑的涟漪

从此在我的心里

毒一样扩散

满城的河

那是七月的黄昏，河水灰黄
哗哗哗哗地响

离开盘龙河，沿街走了一小会儿
见到一条河
什么河？盘龙河

又走一小会儿
又见一条河
什么河？盘龙河

再走一小会儿
还是一条河
什么河？盘龙河

欸乃一声叹！这么多河
我喜欢这地方，满城的河
多方向的河
河水灰黄的河
吐着干净泡泡的河

我离开是在清晨
开化的盘龙河拍着掌声

过了河口，就是别人家的了

水往低处流，红河水
接纳南涧河，流过南涧县城，叫作礼社江
接纳绿汁江，流过三江口，叫作戛洒江
接纳清水河，流过元江县城，叫作元江
接纳南沙河，流过元阳县城，叫作红河
接纳南溪河，流过河口县城

过了河口，就是别人家的了

圆明寺遇雨

我甚至相信，这高空中
一层一层落下的雨
是圆明寺的木鱼敲下来的

不久的将来，它们将在
杞麓湖里
轻快地演奏生命的乐章

抚仙收下了

走下抚仙湖西边的笔架山
以手为笔
我兴冲冲地在细雨微澜的湖面上
写了一个字
——我
抚仙收下了
接着写下了第二个字
——爱
抚仙收下了
最后，写下了第三个字
——你
抚仙也收下了

虽然，我与这湖光山色
并不般配

红塔山遐想

"接下来，我们参观红塔山"

到底是塔，抑或是山？
从红塔山上玉溪师专的学术报告厅里
出来，我的疑惑也出来了

这是一个八方的塔
这是一个红色的塔
绕塔三匝
恐惧，我的疑惑陡然变了

分明看见这巨大的烟嘴
天空含着它
吸大地的精华

是大海保管着当年的开海人

1
那时，滇池已经够大
但还需要更多的水组成更大的舞台

数百艘海船，巨大的犁形
在两大洋上
耕播华夏文明

我在他的晋宁
走街串巷
企图寻找当年的辉煌

2

六百年前

他放下骑射，放下纷争

手捧浩瀚的大海

稳稳的眼光比海还深

此时，至少需要一次远航

辞别故土，就是把自己深深地别进遥远的两大洋

别成世界文明中亮丽的风景

3

一下水，故乡就成了远方

一路上，大海开出流动的花

两大洋上的七次往返

在三十多个国家开出令世人艳羡的花

而他，把自己寄存在比远方更远的地方

我想，绕着他的船队翻飞的

一定是和平鸽一样的洁白海鸟

绕着他的墓地盛开的

一定是些洁白的花

4

六百年过去了
云南人都认他这个老乡

那残缺的南京静海寺碑
隐喻着他的某种残缺

开海人未归来
是海洋保管着当年的开海人

5

如今，在他当年走过的地方
和平发展之花
在新时代的海上丝绸之路绚丽绽放

如今，我抚摸着《郑和航海图》
就像抚摸着他曾经的辉煌

茅台帖（组诗四首）

赤水河高粱

在赤水河两岸山丘上
它们把绿色的生机演绎成红色
演绎成旺盛的饱满
演绎成谦虚的低头陈列

这些集体主义者
年复一年
成批成批准时到达

割倒，暴晒，捶打，蒸煮
接着是一场彻底的否定之否定
最后和一个小镇一起升华

人间的醇香
在赤水河两岸山丘上

种高粱的人

生于茅台
死于茅台

一头连着娄山赤水
一头连着胃，连着陶醉

中间是他们
一年四季的劳累

茅台帖

成于吸纳，成于积累，成于酵变
成于熟化之后的升华

之前，它安身大娄山
立命赤水河
之后，它开始显山露水
开始别样地辽阔

再一次穿越茅台

完成一次穿越梦幻悠长
那些赤水河边人
为那种奇异的香备足高粱

高粱是红色的，茅台是酱香的
它用体内的温度
服帖过人们多少个夜晚和黄昏

冬季来攀枝花看花 ①

在祖国西南
在金沙江两岸最辉煌的灯火里
我们谈论五湖四海和一座城市的荣誉

当谈论到攀枝花时
它把稳固的铁山融化成飞溅的钢水

当攀枝花以城市的名义拉开序幕
就拉开攀西大峡谷
彩霞就落满枝头

火红，被我们用来修饰那个年代
也被用来修饰充满激情的内心
现在，我用它来修饰这里的冬天

冬天一来，它们就用
自己壮硕的躯干把花朵高高擎起
用红色点赞这里的蓝天

---

① 《冬季来攀枝花看花》是《文芳聪诗选（三十一首）》中的一首。《文芳聪诗选》原载 2019 年 7 月 16 日《昭通日报》文艺副刊"群山"。

去会理铁厂村（组诗五首）

绝世的孤独

划过船城上空的鸽哨之音

穿过北大街飘逸的长裙

以及被会理河垂柳唤醒的春天

时光多美好

我跟随着这美好的时光剥开往昔的光阴

剥开 1935，去铁厂村

我实地品尝

一个人绝世的孤独

在铁厂遥想 1935

他们在遥远的 1935
想天下苍生
在会理铁厂村再次点燃火把
激情燃烧
抚慰交困的心

他们始终走在最前面
旗帜高举
让温暖的空气浮动血色黄昏
以当时绝世的孤独
迎来后来空前的响应

在黑暗中舔舐伤口
他们并不满足
把那个巨大的包围圈交还云南
北方在流血
那里有一根最疼的神经

我试着猜想
他们并不十分在意沿途的苦

心里盛开阳光

能烘干外面的雨和泥泞

能照亮暗夜里前进的方向

播种希望

时光超度那个五月
温暖的词语不屈不挠
独立铁厂，灰军装怀抱希望
深深地扎下根去
这片美好的土地就这样
在灰暗的旧日子里
盼望春暖花开

致敬当年

还是要遥想当年
哪怕气若游丝
脊梁也是挺直的
千山万水和千军万马
挡不住铁流
缘其身后有庞大如海的阵容

仰望铁厂

一支奔波数千里的部队
与陌生的大凉山为伍
在铁厂村，谈论前途和通途
不屈于残酷的寒风
心里的词语不老
手中的锋芒不减
英勇，不用呼喊来证明
信仰，不用泪水来祭奠
命运在这里反复燃烧
最终见证了一场绚丽的绽放

凉山纪行（组诗三首）①

安宁河

大凉山的血脉，从小相岭醒来
粗粝、俊朗，一路向南

经过森林，绿色长高一寸
经过羊群，咩咩之声长高一寸
经过稻田，稻香长高一寸

一路向南，以直角的方式
一路收揽流水的声音

接近得石镇，安宁河就接近尾声
雅砻江把腰身伸了伸
也长高一寸

---

① 组诗《凉山纪行》原载《星星》诗刊 2015 年第 12 期，略有不同。

邛海

被大凉山深情怀抱的邛海
我以为她冰冷、孤寂
直到我站在海边
那奔向岸边的细浪，无穷无尽
像欢乐的百褶裙
那欢乐的细浪后面
有 3.2 亿立方米的热情

月色风情小镇

这里有山，山上有树
树都长着幸福

这里有湖，湖里有鱼
鱼隔着湿地，都过得自由

我身披天光月色
在这山与水的接合部
不想目标
不想任务
连时间也不想了

在邛海边上，我只想无所事事
就这样把光阴虚度

微雨中，想起陆游在蜀道
——近读《剑门道中遇微雨》

"衣上征尘杂酒痕"

是否在隐喻

陆游在南郑前线付出的心血

已经付诸流水

可落拓的形象告诉世人

他报国的志向不变

北定中原的志气不减

"远游无处不销魂"

但是最销魂的

还是难于上青天的蜀道

这似乎要他

在剑门道中完成

他那极富个性的起承转合

让极度的悲伤和欢乐

一场接着一场

在胸中上演

"此身合是诗人未"

这个没有人怀疑过

除了他本人

何为？无为
或许可以理解为诗人已经醒来
"细雨骑驴入剑门"
在剑门蜀道的驴背上
凄风，苦雨，闪电，光
此刻，他用诗歌安慰自己的理想
就这样，蜀道上的剑门
为他的生活打开了另一扇门

月照汉中

1

混沌时代的月光，很早在汉中倾泻

一起倾泻的，还有诗歌的籽种

它们撬动石头和风，在蜿蜒的汉水岸边开放

开辟出柔美的汉中，能屈能伸的汉中，智慧的汉中

2

月照汉中，诗歌也是，这些先秦时代的先锋

在汉水里奔跑，注满情感

在河道的转弯处种桃花，种梨花

就这样把秦巴山的日子种出五颜六色来

3

自《周南》始，诗一样的月色落满

这个先后叫作天汉、梁州、褒城的地方

苦难的土地开始有欢悦的亮色

此地开始盛大，盛大成汉语、汉字、汉诗、汉服、汉天下

西北记忆（组诗十首）

月牙泉

来迟了一千年
只看见她半个绝望的脸

骆驼刺

它们不来戈壁
算了，骆驼刺拥有这里的全部
打开针尖上的一点点绿
这里的天比别处大

锁阳

太阳在动，月亮在动
风在动，沙在动
在空旷的背景下，锁阳纹丝不动
它在不动声色地生长

瓜州一夜

像一个巨大的黑石头
我们在里面穿行
瓜州城的灯，打开一个亮洞
和四个亮缝
我们选择新方向
继续在这致密的巨石里西行

哈密的瓜

它从时间的戈壁上走来
在融水中滚动内心
用那些有籽和无籽的瓤
把外面的恶劣
加工成为一种醉人的甜

吐鲁番

一半是冰山
一半是火焰

戈壁在这里一温柔
就长成一个绿洲

交河的早晨

首先醒来的是心灰意冷的云
一缕金光
点燃它，把它燃成彩云

把远处的山尖
染黄，而后带着越来越多的亮
一路向下

只到洒满晨光
交河故城才把她黄灿灿的笑脸
面向我们
用深刻的皱纹
讲述她的辉煌与不幸

天池所见

那一年到天山

天在落雪

地在冒石头

天地不忍这么多悲苦

用坚硬

搂住一池温柔

阿凡提

那些年，他在丝路上
煮词、炼字、做精彩故事

那些年，他在人们脑袋里
植树，制造新的绿洲

那些年，他周游各国
像孔子一样视疆界为无物

那些年，他总与世道背道而驰
像那匹著名的毛驴

那些年，他在大风中
梳理胡须上的尘埃

阿凡提无处不在
它已盛大成为广阔的新疆

新疆烤羊

汁浓，化不开的香

肉嫩滑，像洒了一层月光

香味圆润、奇特、顽固

又想起新疆来

不是星星峡

不是火焰山

不是坎儿井

不是葡萄沟

不是达坂城

好些年了才明白

那香味有

穿透时间的力量

在朝天门看江水

一江东往，一水南下
陌生，在此遭遇

来到朝天门，他们用颜色来表明各自的身份
他们态度鲜明，力量巨大
他们极力排斥着
一路推搡、扭打、撕咬
然后进入对方
进入到身体最隐秘的部分

过来朝天门
已然亲密无间了，谁也离不开谁
这让我想起长城，想起那些
浓于水的血液
和以排斥的方式融合的兄弟

在襄阳深处 ①

01

有汉通天水脊梁

02

汉水竖起来是一棵树

襄阳是树上悠长而鲜亮的果子

---

① 2015 年 7 月，组诗《在襄阳深处》获中国作家协会、湖北省委宣传部主办的"筑中国梦·抒
襄阳情"文学大奖赛诗歌奖，并入选作家出版社出版的诗集《襄阳风》。

03

在，或不在

逝者如斯襄河水

英雄不舍昼夜

04

最早的英雄，无名
是一批唱着诗经的歌手
汉水游女，泳思求思
多少人神往

05

打开邓城村的泥土

就打开了西周

和陶罐盛装的谷粟

就想在五鼎六簋上推敲，华夏的炊烟

是不是这里最暖

06

樊：篱笆，笼子，姓

仲山甫筑城的石块

三百年后的孔子都羡慕

埋在岁月的厚土里

两千八百多年过去了

依然温暖

07

荆山桐柏之间

汉水点燃了

神州最早的一批火把，有

邓、卢、都、罗、鄢、谷、厉、随、唐

照亮了襄汉的脸庞

仿佛隔世的邻居

神秘又亲切

08

不争、无为、顺其自然
得道汉水滨的老子
经过那场牙齿和舌头的
默默对话
开启了两极辩证法
从此从了常枞
故乡、乔木、流水
心中永驻

09

神女浣衣的地方

楚风逆天，溯河而上

割据的小国不国了

随县、邓县

还有都邑、酂邑、卢邑

把别家的国君

当作自己的县长

此后的江汉

既来既往

10

天崩地坼一个新的世界

在秦汉明月的照耀下

用亮晶晶的汉江之水灌溉

两岸的襄樊

这里的田野开始了

熟练地正行通风，灭螟、灭螣、灭蟊、灭贼

熟透的水稻和麦菽

需要大一统

粮草得到还原

不叫粮草，叫粮食

11

到襄阳来

一定要到隆中山上看看

那时丞相还不是丞相

还在这里躬耕

在这里抱膝长吟

在六角井汲水

在三顾堂让刘关张至少吃了两回闭门羹

在这里三分了天下，看到后来

看到下山的背影和汉水一起走远

看到弱小与盛大

看到五丈原

12

三分天下风，吹皱襄水

难民和豪杰都无法

在这巨大的波涛里例外

侨置雍州的襄阳

习世家的襄阳

刘荆州的襄阳

羊祜和杜预的襄阳

刘弘和山简的襄阳

韩夫人的襄阳

萧衍的襄阳

成为细碎的新陈代谢

成为长河中十分生动的细节

13

瞭望，一望千余年了
作为镇城之火的水星台
在和美里望到残酷、灰烬中望到灾难的源头
瞭望，瞭望
从樊城的最高处开始
就这样细细瞭望
尽管街道上全是纷扰
就这样细细瞭望
尽管已经夜深人静
就这样细细瞭望
尽管一时不会有什么事情发生
也要这样细细瞭望
从假想的大火中望出不安的火苗

14

一座楼可以不朽，昭明楼

可以制造另外一种河流

另外一种风景

一座《昭明文选》的大坝

漫过前秦的诗文辞赋

浇灌士林的沃土

茂盛的时光里鲜艳的花朵绽放

迎来一个又一个美好季节

从此，华夏文风吹

吹进科举的怀里

吹动江河淮汉

吹掉中原鸣镝

吹出来一种标志

吹——

15

举科举，穿过电闪和雷鸣

穿过巴山夜雨

在牡丹盛开的大唐气象里

坐南船，骑北马，过往鱼梁

襄阳风日好啊水清心亦闲

远方，山色有无中

远处，江畔洲如月

江山宁静，内心自由

就地升起诗歌的篝火，奔放

放歌纵酒、抽刀断水

有人醉成风摆柳

有人开成桃花笑春风

有人坐在露天的石凳上冥想

这文王化南国的地方

江山处处胜迹

16

多少故乡被金戈铁马掏空温暖

于是辞别母亲的炊烟

辞别生死之念

提起沥泉蘸金枪

背起尽忠报国

梦想成为临安的砥柱

他的脾气有些拗

有一些还露在外面

收复襄阳六郡的岳家军

经过"不拆屋不掳掠"的整训

交通西北和两淮

一面向北抗金，一面向南抗命

"不爱钱不惜死"足以照耀黑暗

使阴暗的议事厅有些许亮色

难做卖国的买卖

一腔血，一个闪亮的高音节

17

满城尽带黄金甲

有多少惊涛骇浪要闯

时间烧红了，这人世间

跌宕的日子充满包围和反包围

没有人关心月亮、村庄

和女人在屋里的等待

战阵如风，大批大批的男人赶来

形成鲜明的南北

南方和北方的拉锯战

把铁打的襄阳拉成

宋元对峙的天平

称量不同的方言、口音

和渐变的民心

拉成一个王朝崩溃的分水岭

翻过分水岭

死是永久的死

生是更加辽阔的生

18

时常想起，时常想起

在襄水边上的某个窗前

在黄昏或者清晨

那个叫作米颠的人

他提笔的手腕，顿顿挪挪

就把笔尖灵活成后人喜欢的

姿势：不俗、不怪、不枯、不肥

伴随着微弱的声响

时间在墨迹里

慢慢凝固了他的癫狂

在黑色的土壤里

长出绵绵不绝的行草

很多年以后的很多城市

有人手捧《砚史》

闲倚着窗牖，而窗口

或许是大朵的宋朝明月

天空干净

想法单纯

19

洪水泛滥就抵御洪水

兵荒马乱就抵御敌人，拱宸门

它钥匙一样的瓮城

已经六百多岁了，身板还硬朗得很

还能以 6×25×11 的形象示人

目光穿过它的沉默，就可以看到

卫国公扩建新城湾的湖塘城壕

盛开出康乾盛世的菱莲柳桃

道光、咸丰和光绪年间的城砖

铺展就襄阳大堤亦墙亦堤的优美弧线

和滔滔汉江水的蜿蜒

看瓮城东门和西门的真迹

现在依然可以打开

打开就打开了维生素

就打开了汽车动力、传感器

就打开了催化剂、耐碱玻纤、复合绝缘子……

看襄阳，古城不会作古

有历史的襄阳溢满智慧

有流水的襄阳充满生机

唐河、白河和清河（组诗二首）

唐白河

左手白河，右手唐河
奔向生动的襄水

世居云南，惯于听命于神
置身襄阳
我更习惯听命于山水
以及它惊心动魄的历史

在清河边上

春风不老，河流就不会老
小清河，隆冬可以凝固很多
却不可以阻止你的苏醒

在季节里轮回浑浊和清澈
过了多少年了
想到你想起很多事情
你身后跌宕，前方缤纷

穿过中原（组诗九首）①

壬辰年仲夏，从开封到汝阳，过中原文化带，在缤纷的
现实后面，似乎有一双双清澈的眼睛与我对视。

打开中牟看看

打开中牟，就打开了中原

就想起这里的炊烟

应该和我的元谋有关

打开中牟，我却没有看到

那些炊烟的温暖

打开中牟，就看到

鲁宣公伐郑，公孙壮围焦

虎狼般的秦师五次骚扰围中

就看到刘邦与杨熊

曹操与袁绍，黄巢与李克用

就看到金兵南下，蒙元东进

就看到大明北伐

和灭了大明的李自成夺路狂奔

---

① 组诗《穿过中原》原诗题为《行吟中原（组诗九首）》，原载《金沙江文艺》2016年第4期，
获《金沙江文艺》年度诗歌奖。

就看到火气很大的

蒋介石冯玉祥阎锡山

把麦场变成战场

其实啊，都是些沾亲带故的人

在中牟，我不愿回头

在这个横与竖的连接处，总有人

想着称王称霸，打自家兄弟

他们把我元谋老家的炊烟

硬生生变成了狼烟

在开封看清明上河图

把张择端的东京搬到墙上

无须穿越，就可以

看到马挤着人，船挤着桥

无须注解，就可以

在公文桌案上看到懒

在望火楼里看到散

在胡人机灵的眼神里面

看到禁军的松懈

就可以看到

城防司令兼任税务局长

消防的水已经换装成放纵的酒

惊慌的马队冲开

这个大国繁盛的禁忌

真的无须穿越，就可以看到

北宋的最后

仓皇南逃是那么地清晰

与杨老令公书

杨老令公你还在，还端坐在
天波府。这是一座假府邸
它的假，从假山开始
它的假，还从演兵场开始
操兵练武的东院全都是
无心作战的
游客，放一个假炮都是那么开心

他们十分肯定地告诉我
天波府是真的
是按照《宋东京考》原样重建的

我不信，我只相信
衣着像修葺一新的天波府一样华丽的
中院的你，其实不是这样的
打开后人强加在你身上的华丽
其实，你满身是伤

看到你战边关的累累伤痕
我体内似有闷响

杨老令公啊

你身上的伤就是我心里的伤

轻轻一碰都疼

来到开封

来到开封，我有足够的时间穿过
穿过夏、穿过战国的魏
穿过五代的梁、晋、汉、周
穿过宋、穿过金
七朝漫长，开封都是当时的引领者

还要从老丘穿过，此地山河浩渺
还要从汴梁绕到东都，才能抵达东京
此时开封已经固化，繁华登峰造极

还要穿过悬河、穿过城摞城
才能抵达地面
才能抵达今天
今天的开封
只有推开沉重的土和风尘
才能重拾民心
重新演绎新的生机

参观河南博物院

在郑州农业路 8 号
大门很大
怕啊！怕历史装不进去
怕历史装不下

必须对里面进行描述时
我想起了一个词：物是人非

我在一个巨大的鼎前陷入沉思
这是一个烹牲的鼎
一只象征货币的羊子
被宰杀、剥皮、开膛、翻肠花里肚
打整好一只羊子
就像完成了一次改朝换代

在小浪底

说起小浪底
他一连说了好几个世界之最
那个名列河南十大好导游的中原汉子
比我这个初游者还兴奋

行船到水心
我对黄河很不满意
问：你的激情呢？
所有的水都沉默不语

就像在郑州花园口的河心
我问黄河的激情呢？
所有的沙都沉默不语

少林功夫

在嵩山少室
在武术大厅，手持寺棍
僧们比一下
我们也比一下

所有的人都看出来了
一下和一下是不一样的

少林功夫甲天下
寺棍在武僧的手里
所到之处
每一下的下面
都有敌人

杜康，杜康

杜康封王，定都汝河之阳
月亮是他的天灯
饮者是他的臣民
国土盛大，鲜花盛开
他下令
易千金裘，易五花马，痛饮黄金

洛阳，恕我不才

水离开这里
留下河
伊水秀丽
洛河婀娜

诗人离开这里
留下诗歌
灿若星辰的诗歌

雕刻家离开这里
留下石窟
神明一样的石窟

我离开这里
恕我不才
我无法留下什么

淇河遐想（组诗二首）

淇河太极

淇河来到这里
用水精心推演太极
虚幻玄妙的易
实物原来在鹤壁

淇河写意

这里淇水汤汤
这里绿竹猗猗
这里桧楫松舟
这里载笑载言
这里驾言写忧

拍一拍淇水
有诗经的回响
嗅一嗅淇水
有诗经的芬芳

经过数千年的激荡
绵延的淇河已经注满了
一个民族的情绪

尝记山东两首

做一回幸福的历下人

很多年前
语文课本里的老舍
活化了"济南的冬天"

很多年后
"吃莲花的"老舍
再一次活化了我的内心

冬雪融成的水，无穷碧里的别样红
且做一回幸福的历下人
多年前播撒在我心田的莲子
已然在大明湖里隔空生长

想起烟台海上生烟

想起身处伸入大海的烟台山上

那浩渺烟波

那天空海阔

我就会想起她来

那位深陷会海的女气象局长

经常坐在我的左边

我经常描写内心

而她，负责描写的是天象

在大连火车站（外二首）

听完讲解
我想起村里的王家奶奶

那时还没有长满十八岁
土匪抢她做小之前
点着了扣在她父亲头上浸油的草帽

旅顺日俄监狱内

碉楼，围墙，电网
牢房，刑讯室，绞刑场
从未见过的刑具
从未听说过的尸骨桶
似有寒风吹来，有股刺骨的冷
这座东方奥斯维辛
当晚就潜入我的梦境
疼痛和死亡的感觉再次弥漫全身

电岩炮台前

硝烟散尽，如织的游人
在电岩炮台
把炮来炮往当作背景
把那么多目光射向大海
此时大海平静
海面上，白花盛开

深圳见闻录（组诗五首）

伫立在中英街界碑前

在抵达之前，我仔细端详你好久了

那大不过七平方公里的沙头角

那宽不过七米的鹭鸶径

一只又一只手，从海那边伸过来

搬弄一些无中生有的界碑

在以碑为界的悲风苦雨中

八块界碑上曾经堆积过多少破烂的日子

以及杂乱无章的情绪

在我抵达之后，中华已锦绣

许多人的目光

深陷于琳琅

听说中英街还要挂到某年某月某日

一个隐约的声音传出

时间可以颠覆许多事情

风吹过深南大道

风吹过深南大道

吹过交易所，吹过银行

吹过酒店，吹过商场

吹过行道树的树梢

吹过人心的尖尖

每一个夜晚都是另一种白天

不停地有人入睡

不停地有人醒来

不停地有一只神秘之手

操纵深南大道，风一样快

罗湖东门街

是老街巷

是这些人的故乡，抑或他乡

一个不大的店面

轱辘团转都是海鲜

一个顾盼生辉的姑娘

也许是山西人

也许是云南人

一边回答说生蚝两元一只，碳烤

一边大口吃饭

旁边还有一个

忙着点虾、称蟹，忙着算钱

蝶变大芬村

化蛹为蝶，大芬村已经没有村民

他们收起最后一把板锄

他们卖掉最后一头水牛

以村民小组的名义

集体走上了一条复制之路

在这里，我遇见油画，熟悉的，陌生的……

在这里，我遇见凡·高还小，达·芬奇已老

这些舞动色彩的男人和女人

在不宽的村巷里出出进进

观澜村版画

井水还很清澈

大水田依然健在

村民都被和风吹走了

一拨一拨的来人

把温暖而浪漫的想法

柔软地刻画出来

木板石板铜板，心都软了

很多人在收藏

米沙鄢书所见（组诗十六首）

拉普拉普

19点45分，飞过苏禄海的
飞机，降落麦克坦岛拉普拉普机场
空气中传来拉普拉普时间
和拉普拉普天气预报
美眉领队顺嘴表扬了拉普拉普雕像

车过拉普拉普大桥
就已经离开了拉普拉普市了

到宿雾市，吃的烤鱼
还是叫拉普拉普
听菲佣讲的，还是拉普拉普故事

在圣佩特罗炮台

米沙鄢人手持果帼

在教堂人满为患

此地多为外来游客

他们大多数对历史表现出痴迷

圣佩特罗堡，五百年的绵延与巍峨

此时城堡矮小，碉楼狭窄

横卧的大炮死了

炮旁的鸡蛋树上开满白色的鸡蛋花

三角地上的绿树生机勃勃

历史的腾空处

一群学生走了进来

宿雾的街心花园

5点25分，太阳准时出来
首先照到第38楼
皇冠大酒店窗外
街心花园很圆，有树有草有点荒芜
街道笔直
车辆稀少，没有行人
不远处，大海如幕

看海

我无法描写它的深度
感觉大海一直往下生长
连阳光都追不上

也无法描写它的宽度
明明在我的前面
同时又在我的身后

更无法描写它的去向
任何人都打不开它的口子
它只通往天上

海边小憩

我开始莫名地惊叹
惊叹这海的淡定与包容

任凭怀里的鱼跳，怎么跳，怎么调皮
都不用担心，会跳出去

罗博河

这静止的流动
这旺盛的荒芜

尼把草，尼把草，还是尼把草
这罗博河的岸墙

大地的裂隙里注满水，弯曲，深蓝
深不见底，看不见鱼

巧克力山

阳光斜斜地打在它们身上
多么柔和，多么美，多么像
家乡的谷堆山

眼镜猴

小脚，小手，小身段
小嘴巴，小鼻子，小耳朵
一切都是小小的
唯有眼睛那么大，难道和我一样
也对这里充满好奇

这海里的诗

……有人来了

到了它们的身旁

米沙鄢鲸鲨

依然还是那样从容

那边的母儿俩，旁若无人

反复重复着

那些和人相通的相亲相爱的动作

这边的这一只，这一刻

正在缓慢地把弧形的身躯摆直

米沙鄢男孩

阳光盛大，海域宽广
被它们捧在手心含在嘴里的米沙鄢岛屿
被布置得恰到好处
纳鲁苏安小岛小得恰到好处
海水微漾，海风和畅
岛上的亚基利普树招展着另外一种绿
另一张螃蟹船边，米沙鄢男孩
背海一跃
在空中划出优美的弧

阿罗娜的夜晚

她们没有躺在躺椅上

她们坐着躺椅

保持着以往的姿势

聊着白沙滩、螃蟹船和海里的花花世界

也聊跃出水面的海豚

以及罗博河岸上的土著

后来还聊到明天的巴拉望珍珠

眼前的大海连接着远处的天

银子做的月亮浮在夜空

星星相继涌现出来，同时涌现兴奋

她们继续聊着

海浪一声声拍打海岸

海的另外一种样子

原以为，大海只会拍打海岸

船过宿雾海峡，我看见
浩浩荡荡的海水
大河一样流淌

海边的清晨

5 点过一点点，海鸟叫醒保和海

从渐渐淡去的夜色里抠出来的达理沙伊树静立在海边

这是四月的一个清晨

海风轻拂，海面平静

鉴于我对大海一贯充满好奇

海水已经后退十米

为我露出它很小的一部分

干游

宿雾，保和，内格罗斯
卡尔哈苷，阿罗娜，奥斯洛布，杜马盖地，墨宝
海草，海葵，海龟，斑点鱼群，沙丁鱼风暴
同行中一位美女穿过一片又一片海
她拒绝浮游和深潜
面对海的诱惑，从未湿身

围着

蓝色的大海围着白色的沙滩
白色的沙滩围着绿色的小岛
小岛围着水井
水井围着岛上的米沙鄢人

白沙均匀，绿树柔和
水井般渺小的他们，大海取之不尽
他们乐于这样围着

人们生活在表面

绿色植物很快占领高于海面的土石
和长出海面的珊瑚

与海岛相此，海水占了绝大部分
螃蟹船摆出适者生存的姿势

大海深不可测，人们生活在表面

我想在南海种波涛（外一首）

三沙，三沙

三沙，三沙
喜欢你的辽阔
任由海鸟
在你上面高歌

三沙，三沙
喜欢你的静默
任由鱼儿
在你柔波里穿梭

三沙，三沙
我喜欢你涨海
喜欢你千里长沙、万里石塘
喜欢你稻浪般涌动的波涛

我想在南海种波涛

我想在南海种波涛
自由自在地
下海如下田，上岸像收工
与大海十指紧扣
收获万顷荡漾的碧波

我想在南海种波涛
长远地
迎着风，迎着雨
把世世代代坚守的英雄
当作籽种

我想在南海种波涛
安静地
九段线是我的田埂
界限分明
才能与人睦邻

我想在南海种波涛
把三沙当作旗帜

举过头顶

举到家的高度

那是我归来的依靠

月亮、方山和故乡的水井

月亮

滇中的月亮
总是行走在山顶之上
默默地
清辉，让人心境宁静
行踪却让人意念迭起
上弦月和下弦月
似乎要给天空一个夹注

方山

远远地在群山之巅

高耸在小城远处

比蓝天深一点，比彩云浅一点

它静默在滇川之交

方广平正得仿佛有某种神力

看它的人，也会静静的

静静的，静静的

任由世界在心里静静地消失

故乡的水井

水井上的水马桑

绿了又绿

水井边的野花子

谢了又复

我的故乡掉进井里了

干了又湿